Candidat des Cons

Candidat des Cons

Antoine Lhote

À ma chère et tendre Jess, qui m'apporte un amour infini et un éternel soutien.

À ma fille Elizabeth, qui donne un sens à ma vie et dont le sourire me comble de bonheur.

(Sans oublier mon psy, qui m'a conseillé d'écrire ce livre pour améliorer la santé de mon ciboulot.)

Un remerciement tout particulier à la talentueuse Hélène Charbonnier pour la couverture de ce livre.

Avant-propos

Avant de vous plonger dans l'univers farfelu de ce récit, quelques informations me paraissent nécessaires de vous transmettre.

Tout d'abord, sachez que ce livre est humoristique, une représentation exagérée, pour ne pas dire caricaturale, de la politique française, et vue au travers de mes yeux de gauchiste.

Par conséquent, voilà un message personnalisé en fonction de votre bord politique :

— Si vous êtes de gauche, pas de problèmes, vous êtes la cible de ce livre, vous devriez rigoler. À défaut, cela voudrait dire que j'ai raté mon pari.

— Si vous êtes de droite (modérée), peut-être vous sentirez-vous offensé, sauf si vous avez de l'autodérision. Quoi qu'il en soit, je vous dois sûrement des excuses. Pardon pour les exagérations et les raccourcis grossiers. Sachez que je vous apprécie car, même si nos idées divergent, les vôtres ont le mérite de suivre une idéologie économique qui n'est pas absurde.

— Si vous êtes d'extrême droite, et que vous avez acheté ce livre, sachez qu'il ne sera pas remboursé. Vous pouvez alors, soit vous faire du mal en le lisant, soit l'offrir à quelqu'un que vous n'aimez pas. C'est probablement réciproque, et il devrait apprécier ce livre.

Un dernier mot (un peu plus sérieux) avant de vous laisser pénétrer dans l'histoire du *Candidat des Cons* :

J'ai écrit cette histoire à un moment où j'en ressentais particulièrement le besoin. Le besoin de rire, de ne pas sombrer dans une dépression qui me poursuivait. C'est d'ailleurs mon psy qui m'a dit "Faites quelque chose de créatif, Monsieur Lhote !". Très bonne idée Docteur.

Mais par conséquent, ce texte n'avait pas pour ambition d'être rendu publique. Il devait simplement servir à des fins thérapeutiques. Ainsi, j'espère de tout cœur que cette histoire vous apportera autant de sourires qu'elle m'en a apportés.

Pour finir, sachez que toute ressemblance avec des personnes existantes ou ayant existé est purement fortuite.

Bonne lecture !

Candidat des Cons

Il est 18 heures, Léonard passe les portes de *l'Enfer*. Non, ce n'est pas le lieu où y séjourner pour l'éternité, bien au contraire, il s'agit d'un bar rock qui se situe à deux pas de son boulot. D'ailleurs, ce n'est pas l'impressionnante toile à l'entrée représentant Baphomet qui va repousser les jeunes métalleux du quartier. Il aurait même tendance à nous attirer. Son regard accueillant démontre que nous vivons déjà dans un enfer et qu'il est prêt à nous redonner le sourire en nous proposant de belles pintes de bière. Si Léonard s'y rend tous les vendredis, ce n'est pas pour un pot entre collègues, mais plutôt pour y retrouver Alexandre et Sophie, ses deux meilleurs amis avec lesquels il va pouvoir refaire le monde pendant quelques heures.

Assis à une table au fond de la salle, Léonard aperçoit Alexandre passer lui aussi les portes du bar. Il lui fait brièvement un signe de la main pour lui indiquer sa présence.

— Alors Bro' ça va ? lance Alex' en prenant place.

— Tranquille, j'fête aujourd'hui même mon premier anniversaire dans la vie active ! répond Léonard.

— T'es sérieux ? Génial, et ta boîte, ils comptent t'augmenter du coup ?

— Bof... À mon avis j'peux me gratter...

— Mec, faut pas se laisser faire dans cette société, n'aie pas peur de leur en parler. Ils sont contents de ton taff jusqu'à présent ?

— Ouais il me semble...

— Bah voilà mec, en plus t'as de la chance toi, t'as un CDI, un statut cadre, t'es quasi l'élite... Bon et Sophie, t'as des news, elle vient ce soir ?

Léonard vérifie son smartphone :

- Pas de messages mais en principe oui elle devrait arriver d'une minute à l'autre.

À peine le téléphone déposé sur la table, Sophie fait son entrée et cherche du regard les deux garçons.

— Ah vous voilà ! Comment ça va les mecs ?

— Comme un vendredi, parfaitement bien ! répond Alexandre.

— Et toi Léo' ?

— Tranquille, tranquille...

Sans perdre de temps, les trois amis commandent à boire. Après une bonne première gorgée de bière chacun, le sujet du jour est posé : Les Présidentielles. L'élection se déroule dans quelques mois et nombreux sont les Français confus par ce qui pourrait s'y passer. La raison ? Le mandat saupoudré de libéralisme de l'actuel Président n'a pas convaincu grand monde et la multiplication des candidats à gauche inquiète de plus en plus. La droite conservatrice voire carrément l'extrême droite pourrait l'emporter avec l'aide d'un taux d'abstention élevé. Or, nos amis en train de boire de la bière, sont la caricature parfaite du gauchiste. Déjà parce qu'ils détestent la droite et toute l'idéologie qui en découle, mais aussi parce qu'ils rêvent d'un monde utopiste.

— Vous avez vu ? Encore un nouveau candidat à gauche..., balance Sophie.

— Non tu déconnes ? répond Alex'.

— C'est Arthur Bourgeois qui se présente cette fois-ci.

— Oh non pas lui, s'exclame Léo-nard.

— Alexandre souffle à son tour, Pffff... De toute manière, c'était prévisible. Son nom le trahit, on se demande s'il est vraiment à gauche. Ça faisait plusieurs se-maines qu'il crachait sur les uns et les autres, lui aussi rejoint la bataille de l'égo.

— Tout à fait, d'ailleurs, nous sommes bien d'accord que, dans l'idéal, le candidat le plus adapté à la gauche que l'on défend, c'est Jean-Claude Révolte ?

— Évidemment ! clament haut et fort les deux garçons.

— Au moins, lui, il n'a pas peur de proposer de vraies idées, de vraies solutions ! s'exclame Léo-nard.

— Alexandre contraste en ajoutant : mais il est catalogué extrême gauche, c'est encore plus dur de le faire gagner que les autres.

Sophie se fige en regardant fixement Alexandre. Léonard enchaîne :

— Pourtant, ce n'est pas un com-muniste, c'est crédible ce qu'il propose...

Un blanc de quelques secondes s'installe. Les deux jeunes hommes se tournent vers Sophie qui a toujours l'air figé. Ses yeux s'écarquillent.

— Ça va Sophie ? demande Alexandre en claquant des doigts devant les yeux de son amie.

Elle se met à sourire et s'adresse à Alexandre :

— Tu as dit que c'était dur de le faire gagner.

— Oui et alors ?

— J'aime bien le terme.

— Que c'est dur ? J'comprends que t'aimes les trucs durs ...

— Non gros dégueulasse ... Le faire gagner.

— Je ne suis pas sûr de te suivre là, ajoute Léonard.

— Et si nous faisions gagner la gauche en influençant l'élection ?

Les deux garçons éclatent de rire puis s'arrêtent quelques instants après en constatant que Sophie ne rigole pas du tout.

— Attends, t'es sérieuse ? demande Alexandre.

— On ne peut plus sérieuse.

— Mais tu sais que c'est illégal ? Et
nous n'avons aucun moyen de le
faire ! dit Léonard.

— Écoutez-moi bien les gars, moi je
parle d'une méthode tout à fait
légale et accessible à n'importe
quel citoyen. À défaut d'unir la
gauche, nous allons diviser la
droite !

Debout ! hurle Sophie en ouvrant les rideaux de son salon, projetant de ce fait, les rayons du soleil dans les figures d'Alexandre et Léonard. Les deux garçons dormaient respectivement l'un sur le canapé, l'autre à même le sol avec un sac de couchage. Tous ensemble ils avaient passé la nuit à imaginer une stratégie pour arriver à leurs fins.

Bon, je vous remets dans le contexte pendant que vous émergez, dit-elle. Les deux garçons répondent en grognant mais Sophie insiste.

— Nous avons besoin de trouver une personnalité politique de droite susceptible d'avoir un égo suffisamment gros pour qu'on le pousse à se présenter aux Présidentielles. Mais surtout, il nous faut un type bien con, une belle caricature qui va décrédibiliser son bord politique.

— Le candidat des cons, marmotte Alexandre.

— Exactement, un bon conservateur de l'extrême, il faut qu'il n'attire que les cons, mais qu'il dégoute tous les autres électeurs !

Léonard s'étire et bâille, puis après quelques secondes, se lève du sol en disant :

— Vous êtes bien gentils avec vos histoires de candidats, mais moi j'ai besoin d'un café pour commencer la journée.

— Il y a ce qu'il faut dans la cafetière à la cuisine, sers-toi. En attendant, je vais ouvrir mon ordinateur et vous montrer ma présélection de candidats.

— Mais tu es levée depuis quelle heure pour avoir eu le temps de faire ça ? demande Alexandre.

— L'avenir appartient à ceux qui se lèvent tôt ! dit-elle en le poussant afin qu'elle puisse se faire une place sur le canapé.

Léonard revient avec trois tasses de café qu'il dépose sur la table basse puis rejoint ses amis sur le sofa.

Sophie avait sélectionné trois potentiels candidats :

— Rodolphe Moustache, député au sein du parti extrême droite. Il se fait régulièrement remarquer pour ses discours spectaculaires devant l'assemblée nationale. Égocentrique et anti-tout. Cependant, Léonard et Alexandre trouvaient qu'il était beaucoup trop charismatique pour lui laisser une chance de se présenter. Aussi, son étiquette le trahit. L'idéal serait un candidat issu de la droite modérée.

— Paul Haine, chroniqueur à la télévision. Chaque minute sur un plateau lui permet de promouvoir la vieille France en coupant la parole de ses adversaires. Un type qui n'a aucun charisme. Problème : Ses discours sont parfois un peu trop touchants et pas suffisamment politiques. Potentiellement trop de soutien derrière lui avec la visibilité que lui offre la télévision.

— Régis Hébété, député de la droite modérée. Il a déjà tenté les présidentielles, mais n'a jamais passé l'étape des primaires. Ses tweets provocateurs et absurdes lui permettent de se faire régulièrement remarquer. Le dernier en date : *je propose que l'on envoie @PoliceNational vérifier chez tous les #musulmans de #france s'ils ont bien installé leur #crèche de noël.*

Physiquement : vous voyez Gustave Flaubert ? Eh bien, c'est son portrait craché. Un peu rond, une longue moustache mal taillée et une calvitie monumentale. Il n'a aucun charisme, personne ne lui apporte son soutien, même dans son propre camp. En bref : Il est parfait.

— Régis est incroyable, mais comment on va faire pour le convaincre ? demande Léonard.

— On lui envoie un mail ? répond Sophie.

— Je ne pense pas, il faut quelque chose de plus concret. Il faut qu'on aille directement à sa rencontre propose Alexandre. Léonard et Sophie se regardent perplexes.

— Je vais directement aller à sa rencontre à l'Assemblée Nationale ! insiste Alexandre.

— Tu veux y aller seul ? demande Sophie.

— Oui, ne grillons pas toutes nos cartes d'un coup...

À chaque fin de séance, Régis Hébété exécute inlassablement le même rituel. Il se lève, range les feuilles étalées devant lui pour donner une impression de travail assidu, se lève et prend quelques secondes pour resserrer sa ceinture. Pour sortir de l'hémicycle, Régis doit tout d'abord effectuer un parcours d'obstacles : se faufiler le long des sièges en rentrant son ventre, faire attention à ne pas bousculer ses confrères, et surtout, ne pas croiser leur regard. Monsieur Hébété est un homme qui aime travailler en solo. Il a des idées bien arrêtées et comme le dit le proverbe : Il n'y a que les cons qui ne changent pas d'avis.

Dans le hall d'entrée, Régis sent que quelque chose n'est pas comme d'habitude. Sa moustache frétille et ses yeux se plissent pour mieux observer la scène. Oui, c'est bien ça, un jeune homme s'approche de lui avec un énorme sourire. Il n'aime pas ça du tout, alors il change de direction. Ah oui tiens, allons aux toilettes, c'est une bonne excuse pour changer de direction. Il marche d'un pas décidé quand tout d'un coup, il sent une main sur son épaule.

— Monsieur Hébété ! Ah quel plaisir de vous voir !

— Je ne vous connais pas, retirez votre main !

— Mais Monsieur Hébété, écoutez-moi, je ne suis pas journaliste, ni gauchiste. Je suis militant et fervent défenseur de votre image.

Régis s'arrête net et se tourne, intrigué, vers le jeune homme.

— Que me voulez-vous ? Je n'ai pas de militants.

— Ça c'est ce que vous pensez, mais en réalité, plein de jeunes qui vivent dans l'ombre vous soutiennent.

— Plein ? Régis éclate de rire.

— Je vous assure !

Régis se remet en marche en continuant de rire.

— Monsieur Hébété, j'ai fait du chemin pour venir vous voir, écoutez-moi s'il vous plaît.

— Je vous écoute, dit-il en atténuant son rire progressivement.

— Je suis ici pour vous dire que nous sommes de nombreux jeunes à vous soutenir. Au nom de toutes ces personnes, je vous demande de vous présenter à la Présidentielle.

— Mon pauvre ami... vous savez que j'ai déjà tenté la présidentielle ?

— Oui et vos collègues ont fait en sorte de vous écarter lors de la primaire.

— Et alors, vous voyez bien que c'est impossible, je ne peux pas me présenter !

— Bien sûr que si, Monsieur Hébété, vos idées méritent d'être représentées à la Présidentielle.

— Mais je serai écarté, comme la dernière fois.

— Non Monsieur Hébété, vous ne devez pas vous inscrire à la primaire de votre parti, vous devez être indépendant. Les Jeunes seront avec vous.

Régis est perplexe. Il n'a pas l'habitude de recevoir du soutien, et cela sonne faux dans sa tête.

— Pourquoi devrais-je vous croire ?

— Monsieur Hébété, laissez-moi vos coordonnées, et je vous garantis de vous faire rencontrer vos nombreux militants.

Régis accepte en donnant son adresse e-mail, puis après quelques secondes de réflexion, donne aussi son numéro de téléphone.

— Jeune homme, quel est votre prénom ?

— Je m'appelle Alexandre.

— Alexandre, je vous fais confiance, tenez-moi au courant, vous me montrerez ce que vous avez à me montrer.

— Tu lui as promis quoi ? hurle Sophie.

— Que nous allions lui présenter ses nombreux militants.

— Il est fou, ajoute Léonard.

— Tu nous expliques comment tu comptes faire ? demande Sophie

— Bah je n'en sais rien moi, j'ai improvisé. L'idée, c'était tout de même de le convaincre. Et au moins j'ai son téléphone.

— C'est bien beau, mais là, je ne vois pas comment on peut faire...

Les jeunes amis se regardent sans un mot, seul le bruit de l'aquarium de Sophie couvre le silence. D'ailleurs, elle se lève et part à la cuisine, comme pour y chercher une solution. Elle revient avec un verre de coca et les yeux dans le vide, traversant doucement, mais sûrement, le salon.

— Ça va Sophie ? demande Léonard.

— Je crois que j'ai une idée.

Les deux garçons écoutent attentivement et se jettent des regards traduisant leur questionnement silencieux.

— Nous devons contacter un maximum d'amis de gauche, leur expliquer notre plan et les convaincre de jouer de faux militants.

— Et on fait quoi ? On organise comme une petite fête et on invite Régis Hébété ? demande Alexandre.

— Exactement.

— C'est une bonne idée ça, mais il faut qu'on trouve un lieu, un local ou un bar qui accepterait d'accueillir l'évènement, ajoute Léonard

— On pourrait peut-être même contacter la presse, propose Alexandre.

— Effectivement, ça pourrait pousser Régis à se décider, répond Sophie.

— Bon bah, qu'est-ce qu'on attend ? demande Léonard.

Après quelques secondes de silence, ils se jettent tous les trois sur leurs téléphones et ordinateurs portables. Ils contactent inlassablement chacun de leurs amis les plus proches. Globalement la proposition fait rire et convainc un grand nombre de contacts de participer. Néanmoins, il existe quelques exceptions :

— Vous êtes de grands malades, leur répond Pierre, un ami d'enfance de Léonard.

— Ça va mal finir cette histoire ! s'exclame avec pessimisme Yassine, ancien collègue de Sophie.

— Moi je veux bien participer à l'événement s'il y a du champagne et des p'tits fours, négocie Jonathan, une connaissance d'Alexandre rencontrée dans une soirée très alcoolisée.

La question de l'emplacement refait surface. Où organiser un tel évènement ?

— Et si nous demandions au proprio' de "l'Enfer", après tout il nous connaît bien ! propose Léonard

— C'est une mauvaise idée à mon sens, rejette Sophie, le décor rock-métal, ça va pas le faire.

— Pourtant, Régis Hébété mérite d'aller en enfer, non … ?

Ils éclatent de rire ensemble.

— En revanche moi j'ai un pote qui a un bar "lounge", répond Alexandre. J'essaye de le contacter ?

— Très bonne idée ! s'exclament Léonard et Sophie.

Alexandre appelle son ami Henri, propriétaire du "*Bobo Paris Sunshine Eternal BlueSky*".

— Ah Alexandre ! Comment vas-tu ?

— Je vais très très bien mon cher Henri, et toi ? le bar fonctionne bien ?

— Baisse de fréquentation depuis quelque temps, c'est la crise il faut croire. Mais ça va, je ne suis pas à plaindre.

— Ça tombe bien, j'ai un bon plan pour toi et ton bar !

— Ah vraiment ?

— On aurait besoin de réserver un espace pour accueillir des militants et un homme politique connu.

— Wouaouh ! s'enthousiasme Henri. J'espère qu'il s'agit d'Arthur Bourgeois !

— Alors, comment t'expliquer … Non pas vraiment.

— Oh … c'est le président de la république ?

— Pire, c'est Régis Hébété.

Henri explose de rire pensant avoir à faire à une blague d'Alexandre.

— Henri écoute-moi s'il te plaît, ce n'est pas une blague...

— Attends tu es sérieux ? Dit-il en reprenant son souffle.

— J'en ai bien peur.

— Mais je croyais que vous étiez de fervents défenseurs de la gauche ?

— Nous le sommes toujours, et pour ce faire, nous sommes en train de monter une armée de faux militants pro-Hébété.

— J'y comprends rien...

— On veut le pousser à se présenter aux présidentielles, pour décrédibiliser la droite.

— Oh, alors ça c'est tordu, mais c'est bougrement intelligent.

— Je ne te le fais pas dire ... Mais pour le convaincre, on aimerait organiser un petit évènement dans ton bar. Histoire de l'accueillir avec ses "militants" et le pousser à se présenter.

— Il y a quelque chose qui ne va pas dans tout ça ... En plus de décrédibiliser la droite, vous n'allez pas me décrédibiliser mon bar ?

Alexandre n'avait pas envisagé cette situation, il regarde silencieusement Léonard et Sophie qui écoutaient sur haut-parleur la conversation.

— Eh bien Henri… je ne peux rien te garantir. On comptait appeler la presse à vrai dire.

— Ça ne va pas être possible…

— Je comprends… Et si nous gardons cet évènement secret ? L'idée étant juste de convaincre Régis Hébété.

Henri réfléchit pendant quelques secondes puis souffle d'agacement.

— Écoute, je veux bien te rendre ce service, mais je veux que cela se déroule en toute discrétion un dimanche après-midi. J'ai une salle dans le bar où je pourrai vous isoler.

— Tu es parfait, répond Alex', merci beaucoup pour ton aide !

Sophie et Léonard se trouvent respectivement sur un escabeau et un tabouret. Chacun de leur côté, ils tentent d'accrocher les extrémités d'une grande banderole : "Les Jeunes avec Hébété".

— De mon côté, c'est ok, tends du tien, sinon on ne voit rien, dit Léo'.

— J'essaye de tendre, mais la banderole est trop lourde, répond Sophie.

— Allez, un p'tit effort.

Sophie tire d'un coup, détachant de ce fait la partie de Léonard.

— Mais pas si fort !

— Mais tu m'as dit de tirer ! répond Sophie.

— Je t'ai dit de tendre la toile !

— Il ne fallait pas que tu l'accroches si haut non plus…

— J'ai fait comme je pouvais, je ne voulais pas abîmer la déco' du bar...

Alexandre et Henri entrent dans la pièce.

— Bah alors, elle n'est toujours pas accrochée votre banderole ? demande Henri.

— Je travaille avec un bras cassé, répond Sophie.

— Ah tu t'es fait mal ?

— Je pense qu'elle parle de Léonard, répond Alexandre.

— Je t'ai entendu ! s'exclame en colère son camarade.

De "faux militants" arrivent progressivement. Ils s'installent, discutent, commencent à boire quelques bières, et patientent jusqu'à l'arrivée de Régis Hébété.

Soudain, la porte s'ouvre discrètement et une petite voix demande :

— Bonjour, c'est bien ici le meeting de Monsieur Hébété ?

— Ce n'est pas tout à fait un meeting, mais oui... répond Alexandre.

— Attendez, vous êtes la presse ? Demande Sophie.

— Oui je suis journaliste pour le journal "L'indiscret".

Les trois amis se tournent vers Henri et constatent son air furieux. Il s'approche doucement et enchaîne :

— Je croyais que vous ne deviez pas appeler la presse.

— Mais nous ne l'avons pas fait, assure Léonard.

Alexandre et Sophie acquiescent d'un mouvement de tête exagéré.

— C'est le chargé de communication de Monsieur Hébété qui nous a prévenus, précise la journaliste.

— Oh le con, lâche sans retenue Alexandre pendant qu'Henri se frappe le visage avec la paume de sa main.

— Mais ne vous inquiétez pas, nous ne sommes qu'un petit journal, et nous ne pensions pas en faire la une !

À peine sa phrase terminée la porte de la pièce s'ouvre brutalement. Il s'agit d'un journaliste télévisé accompagné de son cameraman.

— Flash info, nous sommes en direct ici au "*Bobo Paris Sunshine Eternal BlueSky*", le bar choisi par Régis Hébété pour sa conférence de presse. Il y a déjà quelques militants, nous nous sommes laissés entendre que c'est ici que Régis Hébété pourrait annoncer sa candidature pour l'élection présidentielle.

Le journaliste se rapproche d'un des faux militants et l'interroge :

— Dites-moi, vous qui soutenez monsieur Hébété, que pensez-vous de ce choix surprenant qu'est celui d'utiliser un bar "bobo" pour sa conférence de presse ? Ça ne colle pas vraiment à son image et à son bord politique !

— Euuuh ... et bien ... j'imagine que c'est un moyen de montrer qu'il veut ... s'ouvrir à tous les jeunes... peu importe leur milieu social ou leur bord politique ...?

Léonard lève le pouce en l'air discrètement à son ami "militant" afin de le rassurer sur la réponse donnée.

La porte s'ouvre de nouveau, c'est Régis Hébété lui-même accompagné d'une dizaine de journalistes. Pendant que les faux militants applaudissent et qu'Henri se morfond en voyant son bar exposé au grand jour aux côtés de cet homme politique détestable, Sophie, Alexandre et Léonard s'approchent de Régis Hébété pour le saluer.

— Monsieur Hébété, quel plaisir de vous voir ici ! dit Alexandre en lui serrant la main.

— Plaisir partagé, je suis très heureux de pouvoir rencontrer mes fidèles soutiens.

Régis Hébété remarque la banderole "Les jeunes avec Hébété" et décide de se placer devant celle-ci. Les journalistes se mettent alors en arc de cercle et lui tendent leurs nombreux microphones.

— Comme vous pouvez le constater, je possède de nombreux soutiens, notamment chez les jeunes. Preuve que mes idées ne sont pas si déconnectées que ce que mes adversaires voudraient le laisser entendre. Ma vision de la France est la bonne. Face aux bêtises prononcées par la gauche, l'idéologie politique à laquelle nous croyons est la plus adaptée pour sauver notre pays.

— Monsieur Hébété, est-ce un moyen subtil d'annoncer votre candidature à la Présidentielle ? Demande une journaliste.

— Non, c'est un constat de la situation. Néanmoins, j'annoncerai, ou non, ma candidature, dans deux semaines.

— Pourquoi vouloir attendre deux semaines Monsieur Hébété ?

— Deux semaines, c'est le temps de l'introspection nécessaire pour me décider.

Sophie, Alexandre et Léonard se jettent un regard complice en croisant les doigts.

Les deux semaines qui suivent se déroulent dans le calme. Un calme qui ne présage rien de bon. La bande d'amis est angoissée par la suite des événements. Régulièrement ils s'envoient des messages pour partager leurs craintes que leur plan tombe à l'eau. Pour tenter de se rassurer, Alexandre décide d'appeler Régis Hébété, pour "prendre la température". Répondeur : Il laisse un message lui demandant de ses nouvelles. Face au silence radio du potentiel candidat, Alexandre enverra 48 heures plus tard un sms. Toujours rien.

Les jours passent quand soudain une bonne nouvelle surgit de nulle part : en scrollant son fil d'actualité sur son téléphone, Sophie découvre que Monsieur Hébété sera l'invité du 20 heures très prochainement. Enfin un espoir de voir la candidature de Régis annoncée au grand jour.

— Allez allez, dépêchez-vous !
Exige Sophie en montant les
marches de son immeuble.

Les deux garçons, essoufflés, tentent
tant bien que mal de la suivre.

— On va louper sa déclaration si
vous ne pressez pas un peu le
pas !

Tous les trois entrent dans l'appartement puis s'installent sur le canapé.
Sophie se dépêche d'allumer sa télévision. Il est 20 heures et une grande
chaîne de télévision a décidé d'inviter
Régis Hébété sur son plateau afin qu'il
annonce sa candidature. Alors que
Régis n'est pas encore installé, deux
"experts" commentent et spéculent
sur les Présidentielles. Le présentateur,
lui, assiste à la scène aussi silencieusement qu'un spectateur à un match
de tennis.

— Pensez-vous que Monsieur Hébété va se déclarer ce soir candidat ? En ce qui me concerne je
pense que c'est oui.

— Je ne sais pas, mais à cette
heure de forte audience, il serait
dommage pour lui de s'en priver.

— Honnêtement, pensez-vous qu'il
puisse avoir des chances d'être
élu ?

— Je vais vous dire, je ne pense pas. Monsieur Hébété est un polémiste, pas un homme politique selon moi.

— Vous y allez un peu fort là, il est tout de même député.

— Vous savez, l'un n'empêche pas l'autre. Mais sachez que les chiffres, eux, ne mentent pas.

— Pourquoi dites-vous cela ?

— Les derniers sondages ont inclus l'éventuelle candidature de Régis Hébété. Actuellement, il n'est crédité que de 2% d'intention de votes.

— Mais vous savez très bien que les sondages se trompent souvent.

— Oh, mais je ne crois pas qu'ils se trompent en l'occurrence.

Le présentateur interrompt le débat :

— Écoutez, 2% ou non, je crois qu'il est temps d'accueillir Régis Hébété qui nous en dira plus sur sa candidature.

Un jingle se fait entendre, Régis entre sur le plateau et s'installe à proximité des chroniqueurs. Le présentateur enchaîne :

— Monsieur Hébété, bonsoir.

— Bonsoir.

— Comment vous sentez-vous ce soir ?

— Je vais bien merci.

— La presse a récemment découvert que vous aviez quelques militants qui vous soutiennent. Comment expliquez-vous que l'on n'en ait jamais entendu parler jusqu'à présent ?

— J'ai toujours représenté une France silencieuse, extrêmement tolérante malgré tout ce que les gouvernements lui font subir. Aujourd'hui, je crois qu'il y a un ras-le-bol général. Les Français et y compris mes soutiens ont besoin de changement.

— J'imagine que c'est pour cette raison que vous envisagez les présidentielles ?

— Les Français ont effectivement besoin d'un candidat fort qui ne laissera pas les gauchistes de ce pays prendre le pouvoir. Les Français ont besoin d'un candidat qui dit non à l'immigration. Ils ont besoin d'un candidat qui leur apporte de la sécurité. Un candidat qui renvoie les étrangers de là où ils viennent afin que notre civilisation judéo-chrétienne ne s'effondre pas, comme le souhaiteraient les gauchistes.

— Monsieur Hébété, j'imagine que c'est le moment de vous poser la question : Êtes-vous candidat à l'élection présidentielle ?

— Eh bien je vais vous répondre : Non.

Alexandre, Léonard et Sophie se regardent, bouche bée. Jamais ils n'avaient entendu Monsieur Hébété prendre une décision aussi sage. Pourtant, leur plan vient bel et bien de s'effondrer. Léonard saisit la télécommande et augmente le son.

Le présentateur, tout aussi surpris, continue :

— Vous n'êtes pas candidat ?

— Effectivement, je ne le suis pas.

— Alors là, vous nous devez des explications.

— Les raisons sont simples, vos "experts" l'ont dit précédemment : je ne suis pas un candidat populaire. Les sondages, les baromètres de popularité, les réseaux sociaux... sont tous là pour me rappeler que mes chances sont infimes. Or, si je me présente, je fais aussi prendre le risque de faire perdre mon bord politique et de donner une chance à la gauche ou à l'extrême gauche.

— Je me dois alors de vous demander quel candidat soutiendrez-vous ?

— Je soutiendrais naturellement le vainqueur de la primaire du parti politique auquel j'appartiens.

Alexandre se lève et part à la cuisine en lançant une série de jurons. Sophie, quant à elle, prend un air triste et désolé. Léonard reste silencieux puis, après quelques secondes, prend Sophie dans ses bras.

— Ce n'est pas grave, dit-il.

— C'était mon idée, je suis désolée de vous avoir fait perdre votre temps, répond Sophie.

— Ce n'était pas une perte de temps, on s'est bien amusé, non ?

Alexandre revient dans la pièce et constatant le câlin de réconfort, décide de s'y joindre à son tour.

Il est 18 heures et 7 minutes, Sophie passe les portes de *l'Enfer*. Elle rejoint ses deux amis. Si Alexandre semble fatigué, Léonard, lui, pète la forme. Il a un regard malicieux qui en dit long.

— Ça fait plaisir de te voir comme ça, dit Sophie.

— Ma joie se voit tant que ça ? répond Léonard.

— Bah ouais plutôt mec, ajoute Alexandre.

— Tu n'aurais pas un truc à nous dire ? demande Sophie.

Léonard se penche doucement vers eux avec un grand sourire :

— J'ai une idée.

— À propos de quoi ? demande Alexandre.

— À propos de la Présidentielle.

— C'est fini ça, mon idée stupide n'a pas fonctionné, je ne vois pas ce qu'on peut faire de mieux, répond Sophie

— Sophie a raison, on a déjà pris des risques pour rien, vaut mieux qu'on s'arrête là, insiste Alexandre.

Léonard souffle en levant les yeux au ciel, se lève silencieusement, puis part rejoindre le barman au comptoir.

— Qu'est-ce qu'il fait ?

— Je crois qu'il commande nos verres.

Après quelques minutes, Léonard revient s'asseoir avec trois pintes de bières.

— Voilà de quoi vous détendre, êtes-vous disposés à m'écouter désormais ? dit-il en trinquant.

Après une première gorgée, Sophie et Alexandre répondent avec un oui de la tête.

— Bon… Je suis d'accord, on s'est plantés. Et nous n'aurions pas dû essayer de pousser quelqu'un à se présenter. C'était compliqué et risqué. Cependant, j'ai continué de penser que notre idée de base n'était pas stupide. J'ai donc quelque chose à vous proposer.

Sophie et Alexandre se regardent intrigués par ce qui va suivre. Léonard enchaîne :

— Je vous propose que l'un de nous se présente à l'élection Présidentielle.

Alexandre avale de travers sa gorgée de bière et répond avec une quinte de toux. Sophie quant à elle prend quelques secondes de réflexion et dit :

— Léonard, tu es un génie.

— Un génie ? répond Alexandre en reprenant son souffle. C'est une idée complètement con surtout !

— Pourtant, ça permet d'aller jusqu'au bout sans encombre, dit Léonard.

— Pour moi la seule difficulté, c'est celle des 500 signatures, ajoute Sophie.

— Mais vous le faites exprès ou quoi ? J'imagine que si vous êtes candidat, ce serait pour faire un Régis Hébété bis, pas pour être un candidat de gauche. Vous êtes prêts, vous, à anéantir votre image en vous faisant passer pour un candidat de droite ? Moi pas.

— Bah … après tout, aucun de nous n'est connu. Qu'est-ce qu'on a à perdre ? Demande Léonard.

— Bah je sais pas … Ton job peut-être ! ironise Alexandre.

— On ne serait pas le premier "petit" candidat à se présenter en parallèle de son job. Et puis au pire après la présidentielle, nous révélerons la supercherie pour laver notre honneur, propose Sophie.

— Personnellement je ne me présenterai pas, insiste Alexandre.

Sophie et Léonard se regardent, comme s'ils échangeaient par télépathie. Puis, après quelques secondes, Léo' se lève, au même titre que son verre et dit :

— Très bien, c'est mon idée, alors je vais le faire. Mesdames, Messieurs, vous avez devant vous le nouveau candidat de la droite.

Il est 6 heures du matin, Léonard saute dans le premier métro. Il n'y a pas grand monde, seulement quelques personnes fortement alcoolisées. L'une d'elles se met à uriner à proximité de Léonard qui s'écarte brutalement avec un rictus de dégoût. Il en oublie qu'un SDF se trouve là, assis, et lui marche sur le pied. Celui-ci, en colère, se met à beugler des paroles incompréhensibles.

La journée commence bien, se dit Léonard. Il n'a pas l'habitude d'être levé aussi tôt, mais aujourd'hui est une journée exceptionnelle. Il a rendez-vous à 6h30 dans une grande radio nationale pour y présenter son projet politique. Alors certes, il ne profitera pas d'une grande audience, mais ça reste une belle entrée en la matière, surtout pour l'imposteur qu'il est.

6h25, il sort de la station de métro en courant, et manque de bousculer une petite vieille qui passait par là. Mais bon sang, se dit-il, pourquoi les vieux se lèvent-ils toujours aussi tôt ? Profitez de votre retraite, bon dieu !

Il arrive de justesse dans le bâtiment, avec d'immenses auréoles sous les bras. Alors qu'il demande à l'hôtesse d'accueil la direction à prendre, il se dit que mettre son blazer lui permettrait de cacher les horreurs sous ses bras. Le blazer ? Mais où est-il ? Dans la précipitation, Léonard l'avait laissé dans le métro. Il s'imagine se baffer et se traite d'imbécile. Alors qu'un employé de la radio l'accompagne jusqu'à la salle d'enregistrement, Léonard renifle sous ses bras : c'est insupportable. Il a honte de se présenter comme tel, mais il doit faire avec. Après tout, les auditeurs, eux, n'auront pas à supporter ce spectacle olfactif.

— Et nous accueillons ce matin Léonard Gentil, lance le présentateur radiophonique. Monsieur Gentil, bonjour.

— Bonjour, répond Léonard timidement.

— Vous vous êtes déclaré candidat à la présidentielle il y a quelques jours, quelles sont vos motivations ?

— Je crois en une France forte, qui ne se laisse pas abattre. Là où mes concurrents, même à droite, ne prennent pas le sujet de l'immigration au sérieux, moi je pense qu'il faut au contraire agir.

— Finalement votre projet s'inscrit plutôt à l'extrême droite ?

— Pas du tout, je suis plus proche de Régis Hébété, que je connais bien, que d'un Rodolphe Moustache qui ne distille que de la haine. Je ne suis pas quelqu'un qui déteste les autres, je suis quelqu'un qui ne se voile pas la face.

— Mais dans ce cas, pourquoi ne pas participer aux primaires de la droite ?

— Je suis conscient d'être un candidat sorti de nul part, avec aucune chance de remporter la primaire. Pourtant, je crois sincèrement être le seul à représenter mes idées qui sont partagées par des millions de Français. Il y aurait bien eu Régis Hébété, mais il semble qu'il n'ait pas le courage de se confronter à la présidentielle.

L'interview dure une dizaine de minutes. À la sortie, Léonard envoie un message à Sophie et Alexandre pour leur demander leurs impressions. Tous les deux sont ravis.

Léonard peut se rendre tranquillement à son travail, il est soulagé que l'interview se soit correctement déroulée et n'a plus à courir dans les stations de métro. Léonard travaille dans une banque. Il n'est pas banquier, il a un "bullshit job" pas trop mal rémunéré dans lequel il passe sa journée à ouvrir des feuilles *Excel* et envoyer des mails. Rien de bien passionnant. Il n'aime pas son travail, mais au moins il peut payer ses factures et être rarement à découvert à la fin du mois. Il est 7h30, Léonard traverse l'open space vide. Il s'installe à son ordinateur et savoure son café. Il n'a rien à faire, alors il décide d'optimiser son temps en effectuant quelques recherches sur ses adversaires politiques. Il apprend notamment que c'est François Restriction, ancien ministre, qui est le mieux placé pour remporter la primaire à droite. Un homme qui considère que tous les maux de la France viennent de sa dette qui serait causée par les fonctionnaires et la fraude sociale.

Aux alentours de 9h30, ses collègues arrivent progressivement. L'un d'eux lui lance :

— Alors comme ça on se présente aux Présidentielles ? Petit cachottier.

- Eh bien ... Oui ... Je ne voulais pas trop en parler ... Bégaie Léonard.

- Je t'ai écouté ce matin à la radio pendant que j'emmenais ma fille chez la nounou.

- Ah ? Et tu en as pensé quoi ?

- Très bien, je suis même agréablement surpris, je te croyais à gauche, mais en fait tu es quelqu'un de bien. Je comprends mieux pourquoi tu bosses chez nous.

Léonard se sent soulagé. Car même s'il déteste son travail, il n'avait pas envie non plus que cette campagne lui porte préjudice auprès de ses collègues. Mais il avait oublié qu'il travaillait dans un milieu profondément de droite libérale.

La nouvelle se répand dans l'open space tout le long de la journée. Certains ne le prennent pas au sérieux, d'autres au contraire lui apportent du soutien.

Le soir, Léonard s'écroule sur son lit avec le sentiment que sa campagne présidentielle commence bien.

Jamais la touche F5 de l'ordinateur d'Alexandre n'avait autant été tapotée. Les trois amis rafraîchissent chaque seconde le site internet de l'ISC, l'Institut des Sondages à la Con, une référence en période électorale. L'établissement va sortir un nouveau sondage incluant cette fois-ci Léonard. Alors vous vous doutez bien que l'excitation du trio est à son apogée

— Je n'en peux plus d'attendre, lance Sophie.

— Et moi je n'en peux plus d'appuyer sur mon clavier, répond Alexandre.

— Courage c'est pour la bonne cause, ça se trouve je serai à 10%, ironise Léonard.

Soudain, le sondage apparaît. Alexandre clique avec précipitation et fait défiler les lignes pour y trouver le nom de Léonard Gentil :

— 1% ! hurle Sophie.

— Attends, tu as oublié le signe "plus petit que", répond Léonard.

— En effet, c'est moins de 1%.

— Bon bah, c'est mieux que rien, pas trop déçu Léonard ? demande Sophie.

— Aucunement, je n'ai fait qu'une seule interview, les gens ne me connaissent pas vraiment, pour le moment…

— Il faudrait peut-être trouver un moyen de se faire remarquer ? Histoire que la presse s'intéresse à toi de plus près.

— Pourquoi pas, mais comment ? demande Sophie.

— Sur mon temps libre j'ai fait quelques recherches, explique Léonard.

— Oui, et ?

— Et j'ai noté quelques noms de la "droitosphère", notamment celui d'influenceurs.

— Oh, mais c'est brillant ça ! s'exclame Alexandre.

— Oui, d'autant que j'ai repéré un Youtubeur qui aime commenter la politique et faire des interviews. Je me suis dit que nous pourrions tenter de le contacter … ?

— C'est une superbe idée ! Je m'en charge, se propose Sophie.

— Bonjour les beaux gosses ! Avant de commencer cette vidéo, pensez à mettre un pouce bleu et à vous abonner si ce n'est déjà fait ! Aujourd'hui j'ai l'honneur d'accueillir sur cette chaîne un candidat à la présidentielle. Il a rejoint la course à l'Élysée récemment, il s'agit de Léonard Gentil, et croyez-moi, ce mec, c'est pas un PD !

— Bonjour et merci à toi Destructor de me recevoir, c'est un vrai plaisir.

— Plaisir partagé ! Aujourd'hui avec Léonard on va aller dans les bois butter du gauchiste tout en parlant de la présidentielle. Alors vu que c'est pas encore légal, on a dû trouver des alternatives. Générique !

Un générique de quelques secondes montre Destructor dans sa légendaire veste en cuir jouant avec des armes à feu. Sur ses mains et son torse se trouvent de nombreux tatouages. Il a une barbe bien taillée, et des lunettes noires.

— Alors nous voilà en pleine forêt, et comme vous pouvez le voir, nous avons installé des mannequins en plastique un petit peu partout. Ils nous ont été fournis gracieusement par un magasin de vêtements en pleine liquidation. Mais ce ne sont pas n'importe quels mannequins ! N'est-ce pas Léonard ?

— Tout à fait, il s'agit en réalité de gauchistes, en témoignent les gilets syndicalistes et les pancartes qu'ils tiennent dans la main.

— Mais pas que ! Regardez celui-là, là-bas, c'est un gauchiste plus subtile. On lui a mis un pull de laine et il tient dans ses mains une salade de boulghour.

— Incroyable, c'est si réaliste.

Chacun leur tour, ils tirent à la carabine sur les mannequins, puis, de temps en temps, Destructor pose des questions à Léonard :

— Et toi, si tu deviens président, tu feras quoi avec l'immigration ?

— Je ne ferai rien …

— Comment ça ? demande Destructor inquiet.

— Il n'y a plus rien à faire quand toutes les frontières sont fermées, rassure Léonard en faisant un clin d'œil.

— Ah il est bon, il est bon ! Mais s'il y a tout de même des clandestins sur le territoire, tu fais quoi ?

Léonard pointe sa carabine vers un mannequin et tire dans l'épaule de celui-ci.

— Je ferai ça.

— Alors toi, je le dis à tous mes fans, à tous mes abonnés, tu auras mon vote pour la présidentielle !

— 5 millions de vues en 48 heures !
Ton interview chez Destructor est
incroyable ! s'exclame Sophie.

Les trois amis, confortablement instal-
lés dans le canapé de Sophie, sur-
veillent intensément la vidéo, les réseaux sociaux, mais aussi la presse.

— Les journaux relayent la vidéo,
c'est fabuleux, constate
Alexandre.

— Regardez les titres : "Présidentielle: Le Youtubeur Destructor
votera pour Léonard Gentil".
"Polémique: Destructor s'accompagne d'un candidat pour
détruire des gauchistes". dit Sophie.

— Moi, je crois qu'il faut qu'on aille
fêter ça, on vient de s'offrir un
immense coup de com'. Ça vous
dit qu'on aille au bar ? demande
Léonard.

Sophie et Alexandre acceptent avec
joie. Les trois amis descendent de
l'immeuble et se dirigent vers leur bar
favori. Mais une fois passées les
portes de *L'Enfer*, les choses ne se
passent pas comme prévu. Le barman,
Julien, se rapproche d'eux :

— Les amis, j'peux pas vous laisser entrer.

— Comment ça ? demande Léonard.

— Bah j'ai vu dans la presse, ta candidature, ta vidéo avec Destructor, tout ça.

— Et alors ?

— Bah ici les fachos ne sont pas les bienvenus.

— Mais tu nous connais Julien, tu sais bien que nous ne sommes pas comme ça.

— Alors c'est quoi tout ce cirque ?

— Il faut que tu gardes ça pour toi, mais on fait semblant, on veut déstabiliser la droite. Mais enfin tu nous connais, tu sais bien qu'il n'y a pas plus à gauche que nous.

— Vous êtes tordus ... Je ne dirai rien, mais je ne peux tout de même pas vous laisser entrer.

— Mais pourquoi ?

— Parce que, même si je suis au courant de votre petit manège, ce n'est pas le cas des autres clients. Vous risquez de m'attirer des ennuis. Et vous aussi, vous allez finir par vous faire casser la gueule, croyez-moi.

Attristés, mais compréhensifs, les trois amis font demi-tour. Ils décident de passer à un supermarché prendre quelques bières, du vin et acheter des pizzas surgelées. La soirée se déroulera dans le salon de Sophie avec un goût amer. Pour la première fois, ils ne parleront pas de politique, ils se contenteront de jeux de société pour oublier cette situation malaisante.

Au petit matin, le téléphone de Léonard vibre. Pensant qu'il s'agit de son réveil, il décline machinalement l'appel. Il n'avait pas très bien dormi, car même s'il apprécie régulièrement passer la nuit chez Sophie avec Alexandre après leurs soirées arrosées, il n'est pas fan du contact avec le sol lorsqu'il utilise le sac de couchage. Alexandre venait une nouvelle fois de remporter le canapé en gagnant au Pierre-Feuille-Ciseaux.

Le téléphone vibre de nouveau, Léonard s'agace et regarde plus attentivement l'écran de celui-ci. Un numéro de téléphone inconnu au bataillon s'y trouve. Il hésite quelques secondes puis décide de décrocher.

— Allo ? dit-il avec une voix enrouée.

— Monsieur Gentil ?

— Oui c'est bien moi.

— Enchanté, je travaille pour le journal de 20H. Nous aimerions vous inviter sur notre plateau de télévision pour une interview. Êtes-vous disponible lundi soir ?

— Oh eh bien … Oui, évidemment, avec plaisir …

— Très bien, je vous envoie par SMS les instructions pour lundi alors. Je vous souhaite une bonne journée Monsieur Gentil.

— Merci ... merci beaucoup, à vous aussi, au revoir.

Léonard raccroche et reste silencieux quelques secondes le temps de prendre conscience de ce qu'il vient de se passer. Son regard se pose sur Alexandre qui dort encore. Il décide de le réveiller.

— Eh ... Eh ... Alexandre... Réveille toi !

— Hum...

— C'est important, réveille toi !

— Hum... je dors là....

— Je vais passer à la télé !

Alexandre se tourne vers Léonard puis ouvre un œil.

— Quoi ?

— Je vais passer à la télé, un journaliste vient de m'appeler.

— Un journaliste ? Mais qui quoi comment ?

— Un mec du journal de 20H, ils veulent que je vienne sur le plateau pour une interview, lundi.

D'un coup, Alexandre lève la tête.

— Mais c'est énorme !

— Bah plutôt oui, des millions de gens vont me voir.

Sophie, sur son trajet chambre-toilette, entend les deux jeunes hommes parler. Elle s'arrête à l'entrée du salon et dit :

— Bah, qu'est-ce qui vous arrive ? Vous êtes bien matinaux aujourd'hui.

— Léonard va passer au 20H lundi ! s'exclame Alexandre.

— Non ? C'est vrai ?

— Bah ouais, n'est-ce pas Léonard ?

Léonard semble préoccupé par son téléphone, il reste bouche bée.

— Ça va Léo ? demande Sophie.

— Je n'avais pas fait attention, mais je n'avais pas reçu qu'un seul appel.

— Comment ça ? demande Alexandre.

— J'ai des SMS et des mails à en pleuvoir, tous viennent de journalistes.

Sophie et Alexandre n'en reviennent pas. Le week-end se déroule avec une excitation particulière. Tous ont le sentiment de rentrer dans la cour des grands.

— Ce soir, nous accueillons un candidat à la Présidentielle, il est jeune, n'a pas d'expérience en politique, pourtant il fait parler de lui sur les internets. Il se place à droite de l'échiquier politique et compte faire de l'ombre à ses adversaires, même dans son propre camp. Monsieur Léonard Gentil, bonsoir.

— Bonsoir !

— Merci d'avoir accepté notre invitation. Vous vous êtes fait connaître en passant dans une vidéo du Youtubeur Destructor dans laquelle on vous voit tirer à la carabine sur des mannequins représentant des gauchistes. Est-ce que vous comprenez que cela ait pu choquer ?

— Je pense que les personnes qui se sont senti outrées étaient les gauchistes eux même, preuve qu'ils ne sont pas faits pour diriger ce pays. Pour être président, il faut savoir se montrer dur, être impressionnant. Parce que sur la scène internationale, les autres pays vont vous bouffer si vous montrez des signes de faiblesse.

— Mais dans le geste que vous faites dans cette vidéo, comprenez-vous que cela peut-être considéré comme un appel à la guerre civile par vos partisans ?

— Vous exagérez, cela reste une vidéo YouTube. Imaginez si dans chaque film où se trouve une scène de violence on considérait que c'était un appel à la violence ? Ça ferait longtemps que ce pays serait à feu et à sang.

— Alors je pense que nous sommes nombreux à nous interroger sur vos propositions. Vous parlez souvent d'immigration, mais sur les sujets réels, du quotidien, comme l'économie, que proposez-vous concrètement ?

Léonard n'avait pas encore réfléchi à cela. Quelles propositions grossières et caricaturales pourrait-il bien annoncer ? Il prend quelques secondes de réflexion, se redresse comme pour montrer une certaine assurance, puis enchaîne :

— L'économie française repose sur sa dette. Réglons le problème de la dette et le quotidien des gens s'améliorera. Pour ce faire, c'est simple : arrêtons de dépenser inutilement. Arrêtons de payer des fonctionnaires dans des bureaux qui ne servent à rien. Arrêtons de payer des gens à rester derrière des guichets qui n'ouvrent qu'à des heures impossibles. Arrêtons de payer grassement ces profs qui ne travaillent que 4 heures par jour. Arrêtons de payer la construction de mosquées quand nos églises s'effondrent.

— Ne serait-ce pas un peu démagogue ?

— Absolument pas, des millions de Français constatent chaque jour ce que je dis.

— Pourtant, aux dernières nouvelles, vous n'êtes même pas à 1% d'intentions de votes.

— Vous l'avez dit vous-même : "Aux dernières nouvelles". Mais ces sondages furent réalisés à peine quelque temps après avoir annoncé ma candidature. Attendez un peu que les gens se fassent une idée de ma candidature.

— Comme vous le savez, François Restriction a remporté ce weekend la primaire à droite. Il est donc officiellement le candidat à droite.

— Il est candidat d'une droite tradi-
tionnelle, et non le candidat de la
droite. Cette même droite tradi-
tionnelle qui n'a pas fait grand-
chose pour notre pays depuis 25
ans.

— Alors en quoi êtes-vous différent
de Monsieur Restriction ?

— Moi, je n'ai pas été ministre. Ça
veut dire que Monsieur Restriction a eu les clés du pouvoir en
main bien avant moi, et qu'il n'a
rien mis en place pour améliorer
le quotidien des Français. Moi, je
suis nouveau et croyez-moi que
je ne suis pas là pour l'argent. Je
suis là pour changer en profon-
deur notre pays.

L'interview s'enchaîne sans en-
combres. Une fois le journal clos, le
présentateur s'approche de Léonard
en coulisse :

— Vous devriez faire attention Monsieur Gentil.

— Comment ça ?

— Vous savez avec mon métier, j'ai
vu et entendu beaucoup de
choses en politique. Tout ne se
déroule pas devant les caméras.

Le présentateur effectue une tape ami-
cale sur l'épaule de Léonard puis
s'éloigne pour rejoindre sa loge.

Le reste de la semaine sera marqué
par de très nombreuses interviews,
aussi bien pour la radio que pour des
magazines. Si chargé que Léonard fut
obligé de poser des RTT.

Le bruit blanc issu des stylos et des conversations téléphoniques endort Léonard. Il n'est que 11H20 du matin et il lui est difficile de rester concentré dans l'open space de son travail. Son téléphone portable sonne, c'est Sophie, cela lui donne une bonne raison d'aller dans la salle de pause passer son appel et se faire couler un énième café.

— Allo, ça va bien Sophie ?

— Oh que oui, j'imagine que tu n'as pas vu les sondages qui viennent de paraître ce matin ?

— Ah non pas vraiment, j'étais occupé à glander… euh travailler.

— Bon, alors essaye de deviner à combien tu es.

— Je sais pas… 2% ?

— Plus.

— 3% ?

— Plus.

— Tu es sérieuse … ? Euh 5% ?

— C'est plus …

— 8% ?

— Tu es à 14%, tu as dépassé l'extrême droite, et tu es juste derrière François Restriction qui est à 17%. Monsieur le Président est toujours en tête avec 21%. Du côté de la gauche, Arthur Bourgeois est descendu dans les sondages, mais la bonne nouvelle c'est que Jean-Claude Révolte, lui, monte et est devant les autres candidats de gauche. On est en train de réussir notre pari.

— C'est incroyable ... Je n'en reviens pas ...

— Ça devient très sérieux là Léonard, tu en es conscient ?

— Bien sûr, et je m'efforce de faire les choses stupidement bien.

Des bips en continu retentissent dans l'oreille de Léonard.

— Je te laisse Sophie, j'ai un double appel, merci pour ces informations !

— Avec plaisir, à plus tard !

Léonard passe sur le second appel dont le numéro ne lui dit rien.

— Allo ?

— Monsieur Gentil, c'est bien vous ?

— Oui tout à fait, à qui ai-je l'honneur ?

— François Restriction à l'appareil.

— Oh… Bonjour Monsieur.

— Je pense qu'on peut se tutoyer, appelle moi François.

— Ah … D'accord, bonjour François.

— J'aimerais t'inviter à dîner.

— Ah oui, vous n'allez pas par quatre chemins, vous, euh … tu, toi.

— Je te rassure, rien de romantique, nous avons à parler politique, toi et moi.

— Eh bien j'accepte l'invitation, quand et où ?

— Ce soir, 19H, à mon domicile, je t'envoie l'adresse par SMS. Bonne journée à toi.

— Merci, bonne journée également.

Léonard raccroche. Il est à la fois excité et perplexe. Il envoie un SMS à Alexandre et Sophie pour connaître leur ressenti. Eux aussi sont sceptiques et se demandent ce que peut bien cacher cette invitation. Alexandre suggère d'enregistrer discrètement le dîner sur son téléphone. L'idée plaît à Léonard.

Le taxi dans lequel se trouve Léonard se gare juste devant l'habitation de François Restriction. Celui-ci n'habite pas Paris intra-muros, mais en banlieue. Rien à voir avec les HLM. François Restriction habite une somptueuse villa dans le parc de Maisons-Laffitte. On en oublierait presque que Paris est juste à côté. Léonard lance l'enregistrement sur son téléphone puis sort du véhicule..

Il sonne au portail, celui-ci s'ouvre après quelques secondes et c'est un majordome qui vient l'accueillir dans la cour.

— Bonsoir Monsieur Gentil, je vous souhaite la bienvenue.

— Bonsoir, merci beaucoup pour votre accueil.

— Avant de rentrer, le protocole de la maison exige que vous me fournissiez votre téléphone. Évidemment celui-ci sera précieusement rangé dans un coffre-fort.

Sur l'échiquier politique, Léonard comprend que François vient de jouer un très joli coup. Il entend le portail de la cour se fermer derrière lui, comme si le destin lui faisait remarquer qu'il n'a pas d'autre choix que d'accepter. À partir du moment où il remet son téléphone au majordome, une boule au ventre s'installe chez Léonard.

En pénétrant dans le domicile, il y découvre un magnifique intérieur. Chaque corniche est accompagnée d'une discrète dorure. Sur les murs, on trouve des œuvres d'art. Léonard constate qu'il marche sur quelque chose de vraiment agréable. Mais lorsqu'il remarque que c'est un magnifique tapis, il a honte de le piétiner avec ses vulgaires chaussures qui respirent le bon marché.

François l'accueille à bras ouverts. Ça semble louche, mais pourquoi pas.

— Ah mon cher Léonard, je suis très heureux de t'accueillir ici !

— J'en suis ravi également, merci beaucoup pour cette invitation.

La sonnette retentit et le majordome se précipite à l'extérieur.

— Ah, nous attendons quelqu'un d'autre, demande Léonard ?

— Oui, c'est quelqu'un que tu connais bien.

L'invité supplémentaire entre dans la pièce en se balançant légèrement de droite à gauche. Mais oui, cette dégaine, cette moustache, Léonard le reconnaît : C'est Régis Hébété. Mais pourquoi diable l'avoir invité ici ?

>   – Bonjour Monsieur Hébété, dit Léonard.

>   – Mon cher, appelez-moi Régis voyons. Quand je vous ai vu à la télé, je vous ai tout de suite reconnu, vous étiez l'un de mes soutiens, et je vous en suis très reconnaissant.

Régis Hébété ne semble pas avoir découvert la supercherie. Il croit encore dur comme fer qu'il a du soutien. Mais cela ne répond pas à la question de sa présence ici ce soir.

>   – Je suis très heureux de vous trouver ici ! Champagne ? demande François Restriction.

>   – Eh bien ce n'est pas de refus, répond Régis.

Léonard quant à lui se laisse porter par la situation. Après deux coupes en échangeant des banalités, François les invite à passer à table.

Léonard n'est pas à l'aise, il y a quelque chose de faux avec cet ancien ministre. Il a des sourires qui semblent forcés. Pourtant, il faut reconnaître que c'est quelqu'un de charismatique, qui en impose. Il est grand, les épaules larges, et il a une coupe de cheveux quasi militaire aux couleurs poivre et sel. Qu'il vous parle ou qu'il vous écoute, François Restriction vous regarde toujours fixement dans les yeux. Il semble analyser chacun de vos faits et gestes.

Durant le repas, il s'intéresse de près à la vie de Léonard. Il lui pose des questions sur ses activités avant d'entrer en politique, s'il est heureux, bien payé, s'il a une petite amie.

Pour Léonard, l'exercice est compliqué : il doit répondre en jouant avec la réalité. Pas trop de mensonges pour ne pas être piégé, mais ne pas trop en dire afin de ne pas révéler qui il est vraiment, un gauchiste dans la peau d'un candidat de droite.

Entre chaque réponse, François ressert du vin à Léonard et l'invite à boire. Mais ce qu'il n'avait pas remarqué, c'est que l'ancien ministre ne semble pas vouloir déguster au même débit que lui. D'ailleurs, il ne ressert que rarement Régis.

Quand Léonard remarque cette injustice, il est déjà trop tard. Les effets de l'alcool lui montent à la tête, il devient difficile de se concentrer et de parler correctement.

— Alfred, apportez nous le dessert accompagné d'un digestif, demande François à son majordome.

— C'était délicieux, ajoute Régis en essuyant sa moustache avec sa serviette.

— J'en suis heureux, j'ai fait venir un cuisinier spécialement pour la soirée.

Sa phrase terminée, le cuistot lui-même amène le dessert.

— Vous avez apprécié le repas ? demande-t-il tout en servant.

— J'ai apprécié tout autant que mes invités, n'est-ce pas Léonard ?

— Euh .. oui, c'était très bon, répond-il avec difficulté.

— Bien, vous pouvez disposer, dit François en s'adressant à son cuisinier.

François Restriction prend désormais un air plus sérieux et se penche vers Léonard.

- Bon bon bon... nous avons à parler politique.

- Honnêtement ... je préférerais qu'on reporte cette discussion ... je ne me sens pas très bien, répond Léonard.

- Nous avons à parler politique maintenant, insiste François.

- Bon... euh ... Je vous écoute.

- Demain, tu vas contacter la presse, et tu vas leur dire que tu renonces à ta candidature.

- Euh non, certainement pas.

François fait un signe de la main à son majordome. Celui-ci part puis revient quelques secondes après avec une mallette en main. François la pose sur la table et l'ouvre face à Léonard laissant apparaître une couche importante de billets.

- Il y a très exactement 250.000 euros là-dedans. Si tu renonces à la Présidentielle, ils sont à toi.

- Mais qui accepterait de se faire corrompre aussi ... facilement ? demande Léonard.

— Beaucoup de gens. Tu vois Régis, le candidat que tu soutenais, il a eu exactement la même mallette que celle-ci, n'est-ce pas Régis ?

— C'est exact, répond-il en lâchant un rot.

François prend un air plus tendre puis enchaîne :

— Écoute-moi bien Léonard, avec cette somme, tu peux soit te faire plaisir en toute discrétion, ou encore t'acheter une petite maison. Je t'aiderai à mettre ces billets sur ton compte sans que cela soit suspect. La banque où tu travailles, j'ai des contacts là-bas, je peux te mettre à un poste bien plus élevé. Ça va considérablement changer ta vie.

Léonard est confus. La proposition est alléchante et l'alcool ne l'aide pas à réfléchir. Il hésite longuement. François insiste avec d'autres arguments :

— Soyons réalistes, si tu continues la course à la Présidentielle, tu ne seras pas élu. Ceux qui sont élus ont des années et des années d'expérience en politique. Ce n'est pas ton cas, et même si tes combats sont légitimes, tu ne peux pas sauver le monde comme ça en claquant des doigts. Je t'offre la possibilité de radicalement changer de vie.

— Il a raison, tu dois accepter cette proposition, ajoute Régis. Je suis en politique depuis très longtemps, et crois-moi, les choses se passent très souvent comme ça.

Léonard prend une grande respiration et fait un signe au majordome. Surpris, François et Régis se regardent intrigués.

— Pourrais-je vous demander un verre d'eau ?

— Bien entendu Monsieur, répond le majordome.

Un silence s'instaure, les regards s'échangent, se croisent, pendant que le verre se remplit progressivement d'eau fraîche. Puis Léonard le saisit et le boit d'une seule traite provoquant une bruyante expiration d'air :

— Ah ! Bon reprenons. Il y a quelque chose que je ne comprends pas. Pourquoi me proposer cela si j'ai toutes les chances de perdre ? Pourquoi ne pas vous intéresser à Monsieur le Président qui est devant vous dans les sondages ? demande Léonard.

— Même en perdant, tu me voles des voix, donc je perds aussi. Concernant le Président de la République, que je connais personnellement très bien, il ne gagnera jamais.

— Pourtant il est bien en tête des sondages.

— Oui, il a une côte de popularité à maintenir, et ça, c'est grâce à ses contacts...

— Attendez, vous êtes en train de dire que les sondages sont truqués ?

— Oui et non, pas exactement. Mais en maintenant une bonne relation avec les instituts de sondage, on peut leur faire dire beaucoup de choses. Les gens ne regardent jamais en détail comment ils ont été réalisés. Quelles étaient les questions posées, quel était le panel censé être "représentatif", quels étaient les outils statistiques utilisés, etc... Alors forcément à la fin, on obtient des résultats certes légitimes, mais un peu bidonnés néanmoins. Mais ça, ce n'est pas donné à tout le monde.

Léonard reste bouche bée, il n'en croit pas ses oreilles. Régis ajoute :

— Tu as encore beaucoup de choses à apprendre sur la politique, notamment toute la désillusion qui en découle.

— Et l'extrême droite dans tout ça ? demande Léonard.

— Alors eux, au contraire, ça nous arrange bien qu'ils aient un candidat. Mieux encore, qu'il soit au second tour, ça nous garantit de gagner avec un barrage républicain.

Léonard essaye tant bien que mal de faire marcher ses neurones. Il cherche un plan, une issue, à cette situation complètement folle. Doit-il refuser l'argent ? Il est certain qu'il y aurait des représailles. Doit-il l'accepter ? Qu'en penseraient Sophie et Alexandre ?

Soudain, une idée de génie lui traverse l'esprit. *Ordo ab chao*, l'ordre émerge toujours du chaos. Lorsqu'il n'y a pas d'issue convenable, c'est à nous d'en créer. Léonard tente un coup de Poker improvisé :

— J'accepte l'argent, à une condition.

— Je t'écoute, répond François en plissant les yeux.

— J'en veux 200.000 de plus, et seulement dans ce cas je me retirerais de la présidentielle.

Régis recrache violemment sa gorgée de vin, tandis que François reste silencieux et caresse sa barbe de trois jours.

— Pourquoi pas, répond François.

— Pourquoi pas ?! hurle Régis.

— Quel est le problème ?

— Si tu lui donnes 200.000 euros en plus, je suis en droit de les demander aussi.

— C'est impossible, tu as déjà signé notre contrat.

Léonard se met discrètement à sourire, fier de la discorde qu'il vient de créer.

— Très bien, alors si je ne peux pas avoir ces 200.000 euros supplémentaires, je révélerai dans la presse les emplois fictifs que tu as mis en place, dit Régis.

— Ferme-là, répond François en colère.

— Ah, des emplois fictifs ? demande Léonard

— Oui, monsieur propose des faux postes d'assistants parlementaires, à ses enfants et à sa femme.

— Mais tu vas la fermer ta gueule ! hurle François.

L'ancien ministre regrette d'avoir invité Régis Hébété. Il le voulait à ses côtés seulement pour convaincre Léonard, pas pour se faire trahir.

Un silence s'instaure, tous se regardent droit dans les yeux.

— Bon eh bien, je crois que les négociations ont bien avancé, dit Léonard en rigolant.

François ferme brutalement la mallette et fait signe à son majordome de la récupérer.

— Je vous commande des taxis, arrêtons-nous là pour ce soir, propose agacé l'ancien ministre à ses invités.

Sophie et Alexandre furent les seuls informés de cette soirée complètement inattendue. Partageant tous ensemble une pizza sur la table basse de Sophie, Léonard leur demande :

— Qu'est-ce qu'on fait de ces informations ? La tentative de corruption et les emplois fictifs.

— À mon sens, il faut garder ça pour nous, dit Sophie.

— Autant je suis d'accord pour la tentative de corruption, on n'a aucun élément qui peut le prouver, donc ça n'est d'aucune utilité. En revanche pour les emplois fictifs... C'est une arme à garder précieusement et que nous pourrions utiliser à n'importe quel moment, ajoute Alexandre.

— Je suis plutôt d'accord, répond Léonard.

— N'oublions pas que l'objectif est de faire gagner la gauche. Nous devons faire attention à ne pas prendre trop de place, dit Sophie.

— Peut-être bien, mais ce serait bête de laisser passer cette opportunité incroyable de peser dans la balance politique... répond Alexandre.

Les semaines s'écoulent, sans la moindre nouvelle de François. En revanche Léonard profite de ce temps pour être plus actif que jamais sur les réseaux sociaux. Avec Sophie et Alexandre, ils ont mis au point un plan pour obtenir un maximum de parrainages. Ils invitent tous les membres de leur communauté virtuelle à se déplacer dans les mairies. L'idée étant d'expliquer au maire l'importance du pluralisme politique et de leur rappeler la responsabilité qu'ils ont.

Persuadé que Léonard Gentil n'a, de toute manière, aucune chance de remporter la présidentielle, beaucoup de maires acceptent d'apporter leur signature. Ils n'ont pas le sentiment de prendre un risque particulier.

Les signatures étant désormais assurées, il reste 10 semaines avant le premier tour de la Présidentielle.

Soudain, Léonard fit quelque chose pour le moins, étrange. Et pour cause, alors qu'il enchaîne quelques interviews, il profite des backstages pour échanger quelques mots en toute discrétion avec les journalistes qu'il rencontre.

— Vous savez, il n'est pas impossible que je me retire de la présidentielle au dernier moment. Mais gardez cela pour vous.

— Ah oui ? Étrange décision, vous êtes plutôt bien placé dans les sondages.

— Certes, mais je ne suis pas certain d'avoir toujours l'envie. C'est une grosse responsabilité d'être président. Et si je perds, ce serait un peu humiliant. Vous pouvez garder ça pour vous ?

— Bien sûr, je n'en parlerai pas.

Et pourtant, la nouvelle se diffuse progressivement. Des articles au titre racoleur paraissent : "Léonard Gentil: sur le point d'abandonner la présidentielle ?" - "Gentil : prêt à laisser sa place à François Restriction ?"

Une stratégie du doute pour mettre en valeur la gauche ? Peut-être bien, c'est en tout cas ce qu'en pense Sophie. Léonard avait décidé de mettre en place ce plan lui-même sans en parler à ses amis. Alexandre, lui, suspectait quelque chose d'autre.

Alors que Léonard profite d'une journée de RTT seul chez lui, son téléphone sonne.

— Allo ?

— Bonjour Léonard, c'est Régis Hébété à l'appareil.

— Ah bonjour Régis, comment allez-vous ?

— Bien, merci... J'ai une question à vous poser.

— Dites-moi ?

— Est-ce vrai ce que l'on raconte dans la presse ?

— C'est-à-dire ?

— Que vous ne seriez prochainement plus candidat ?

Léonard laisse un silence de quelques secondes puis enchaîne.

— Nous sommes au téléphone.

— Oui, et ?

— Nous sommes au téléphone, Régis.

Régis réfléchit quelques instants et dit :

— Ah je crois comprendre, vous avez peur d'être sur écoute ?

Léonard ne répond pas.

— Je comprends que vous ne souhaitiez pas me le dire alors. Ce qui doit vouloir dire que la nouvelle dit vrai, je me trompe ?

— Nous n'avons pas à parler de ce sujet-là.

— Bien. Je vous souhaite une belle journée Léonard.

Qui ne dit mot consent. C'est en tout cas ce que se dit Régis Hébété. Or, si Léonard n'est plus candidat, c'est qu'il ne peut y avoir qu'une seule raison possible : il a accepté le deal avec François, et a reçu beaucoup plus d'argent que nécessaire. Mais ça, c'est en tout cas ce que croit Régis.

Invité à la radio, Monsieur Hébété se sent prêt à lâcher une bombe.

— J'ai quelque chose à vous dire.

— Ah oui, quoi donc Monsieur Hébété ?

— Parce que nous ne sommes plus très loin du premier tour, mais aussi des débats télévisés, il faut que nos concitoyens sachent quelque chose.

— Allez-y, dites nous.

— Ça me rend triste de devoir en arriver là, mais Monsieur François Restriction est quelqu'un de très malhonnête. Il engage sa femme et ses enfants comme assistants parlementaires.

— Quel est le problème ?

— Le problème, c'est que personne ne les a vus au travail jusqu'à présent. On appelle cela un emploi fictif.

BOUM. Véritable explosion politique. Cette information croustillante est reprise partout dans les médias. François Restriction fait un communiqué pour dénoncer un mensonge, un complot, et annonce porter plainte pour diffamation. Pourtant, cela ne l'empêchera pas d'être mis en examen. La perquisition de son domicile révélera des documents pouvant servir de preuves évidentes à son encontre.

À une semaine du premier tour, un débat télévisé entre tous les candidats a lieu. Décrédibilisé, François Restriction est attaqué de tous les côtés par ses adversaires politiques. Le président de la République est, lui aussi, humilié. On lui rappelle sans cesse les mesures grotesques mises en place pendant son mandat. Par ses caricatures de plus en plus exagérées, Léonard semble mieux maîtriser le sujet de l'immigration que le candidat de l'extrême droite, il plaît à cet électorat.

À gauche, les candidats se déchirent. Le spectre des idées est large, allant du pur communisme à un social libéral. Se situant au milieu, Jean-Claude Révolte utilise ses capacités d'orateur pour convaincre du bien fondé de son programme.

Ce débat sera particulièrement commenté dans la presse et sur les réseaux sociaux. Des vidéos compilant les meilleures punchlines de la soirée se partagent en masse.

— "A voté !"

— Merci beaucoup, dit Léonard avant de saluer les caméras venues spécialement pour capturer son vote en image.

Il part rejoindre tranquillement Sophie et Alexandre. Eux aussi ont voté. Fidèles à leurs idées, ils ont glissé le nom de Jean-Claude Révolte dans l'enveloppe. Pourtant, Léonard ose leur demander :

— Alors, vous avez voté pour qui ?

— Bah Révolte évidemment, et toi ? Demande Sophie.

— Bah j'ai voté pour moi.

— Mais pourquoi tu as fait ça ? Demande Alexandre.

— Je suis candidat, il faut bien que je vote pour moi.

— Tu n'es que candidat pour faire gagner la gauche, rappelle Sophie.

— Attendez, j'ai une chance inouïe d'être peut-être au second tour, et il faudrait que je laisse passer ça ?

— Ça n'a jamais été le plan de départ, répond Alexandre.

Une dispute éclate entre les trois amis. Un froid considérable s'installe durant le reste de cette journée déjà tendue.

Le soir, ils décident néanmoins de se réunir pour découvrir les résultats du premier tour. Silencieux, ils mangent des chips en écoutant les plateaux de télévision. Tous les experts ont leur petit mot à dire. Personne ne s'écoute vraiment, personne ne possède les mêmes idées. Finalement, ces gens-là ne valent pas mieux que les internautes qui se déchirent sur les réseaux sociaux pour savoir qui a raison, ou non.

Ça y est, c'est l'heure de la révélation. Le présentateur annonce les résultats. Et la surprise est énorme :

Jean-Claude Révolte est en tête, suivi par ... Léonard Gentil.

Les trois amis se regardent, bouche bée et décident de se prendre dans les bras. Ils explosent de joie. Et dans le même temps, un gros doute se met en place. Quel sera l'issue du second tour ? Les choses ne devaient pas exactement se dérouler de cette manière.

En troisième position, on trouve le candidat d'extrême droite, suivi par François Restriction. Une véritable humiliation pour le candidat. Juste derrière, c'est le Président de la République qui se positionne. Les autres candidats de gauche sont en dernière position avec des scores ridiculement bas.

Léonard n'avait rien prévu pour organiser une conférence de presse. Même s'il espérait se voir au second tour, ça semblait tout de même impossible. Alors, il prit son téléphone et se lança en live sur son réseau social préféré. Pendant quelques minutes, il remercie chaleureusement ses électeurs et enchaîne quelques banalités politiques. Sa vidéo sera reprise rapidement par les chaînes de télévision.

Entre-temps, Sophie était partie à son frigo chercher une bouteille de champagne. Elle avait tout prévu. Devaient-ils fêter l'arrivée au premier tour de Jean-Claude ou de Léonard ? Peu importe, c'est un beau moment que les trois amis comptaient bien savourer.

Le lendemain au travail, Léonard reçut de très nombreuses félicitations :

— Bien joué Léonard ! Je vote pour toi au second tour !

— Tu vas l'avoir ce con de gauchiste !

— Montre-lui au débat qui est le plus fort !

Le soir, il doit retrouver Sophie et Alexandre, alors durant son court voyage en métro, Léonard réfléchit. Alors que les lumières du tunnel défilent sous ses yeux, il pense à ce second tour. Doit-il aller jusqu'au bout, tenter de remporter la présidentielle ? Doit-il abandonner tout de suite ? Se ridiculiser au débat ?

Arrivé chez Sophie, Léonard ne perd pas de temps :

— Salut Sophie, il faut qu'on parle absolument, Alexandre est arrivé ?

— Oui, il est sur le canapé, installe toi, je vais ramener des chips.

Léonard pénètre dans le salon.

— Salut Alex'.

— Hello le champion, ça va ?

— Oui et non, je suis dans le doute, il faut vraiment qu'on parle.

Sophie rejoint les garçons sur le canapé.

— Vas-y, explique-nous, dit-elle.

Léonard prend une grande inspiration puis se lance :

— Aujourd'hui au travail, j'ai pris conscience que des millions de gens avaient voté pour moi. C'est-à-dire que le rôle que je joue, bien que caricatural et détestable, représente pourtant les idées de millions de gens. Je ne pensais pas que c'était possible d'aimer autant un personnage aussi absurde. Le problème désormais, c'est que si je fais tout pour faire gagner Jean-Claude Révolte, alors je trahis directement ces gens-là. Si je continue comme si de rien n'était et que je gagne, que devrais-je faire ? Trahir mes électeurs en mettant en place un gouvernement de gauche ? Ou bien respecter les idées que j'ai présentées ?

— Il faut procéder par élimination. Est-ce que tu te verrais diriger un gouvernement de droite ? demande Alexandre.

— Absolument pas.

— Parfait, alors déjà, on peut se dire que dans l'hypothèse où tu serais élu, tu serais un homme de gauche. Après tout, tu ne serais pas le premier candidat à ne pas respecter tes promesses. D'ailleurs il y a de grandes chances que les députés de l'opposition te mettent des bâtons dans les roues. N'est-ce pas ? dit Alexandre.

— Tu as raison, et toi Sophie, tu en penses quoi ?

— Eh bien … Reste comme tu es, enfin … Reste comme ton personnage est. Quoi qu'il arrive, nous aurons au pouvoir un homme ayant la main sur le cœur. Pour le moment Jean-Claude Révolte est en tête, donc il y a tout de même beaucoup de chances que tu ne sois pas élu. Sois rassuré, continue comme ça, et pendant le débat, fais-toi plaisir.

Léonard prend dans ses bras ses amis et dit d'une voix émue :

— Merci les amis, merci d'être là, merci pour votre incroyable soutien.

Monsieur et Madame Ducon habitent un petit village. Sa localisation exacte n'a que peu d'importance. Ce qu'il faut retenir c'est que Madame reste au foyer pendant que Monsieur Ducon travaille dans une petite usine à quelques kilomètres de chez lui. Autant dire qu'il en a ras-le-bol de payer de l'essence pour aller travailler et gagner une misère. On notera aussi qu'ils sont en guerre avec leur voisin, Monsieur Trouduc, qui a osé leur demander de ne pas laisser leur poubelle sur le trottoir.

Monsieur Ducon a néanmoins une passion dans la vie : détester les arabes. 24H/24, 7J/7. Pourtant, il faut au moins faire 50 bornes avant de croiser la moindre peau légèrement basanée. Le seul endroit où Monsieur Ducon croise des arabes, c'est probablement à la télévision, et c'est peut-être bien ça le problème.

Car oui, Monsieur et Madame Ducon sont de grands fans du petit écran. Le matin au petit déjeuner, il serait dommage de louper les ventes d'objets révolutionnaires qui changent le quotidien. Le midi, hors de question de louper les informations. Et le soir, le journal de 20H est un indispensable pour un dîner réussi.

En plus, Monsieur Ducon a bien de la chance : son usine a décidé d'installer un poste de télévision dans la salle de pause afin de ne louper aucune information durant la dégustation de son casse-croûte préparé avec amour par Madame Ducon.

D'ailleurs cette dernière possède encore plus de chances que Monsieur. Toute la journée, pendant qu'elle nettoie et range la maison, elle peut profiter des chaînes d'information en continu. Comme ça, même pendant le ménage, elle est la première au courant si un drame quelconque se produit sur l'hexagone. Et quel plaisir de pouvoir commenter, sans filtre ni réflexion, l'actualité de son pays. Le tout à haute voix dans l'espérance que ses paroles soient transmises à la télévision.

Mais ce soir est un évènement bien particulier qu'il ne faudrait surtout pas louper : c'est le débat pour le second tour des présidentielles. Monsieur et Madame Ducon n'avaient pas voté au premier tour. Ils ont été déçus que l'ex-

trême droite ne remporte pas la présidentielle aux dernières élections.

Mais ce soir, les choses pourraient
bien changer…

Ils viennent tout juste de finir de man-
ger et le débat va bientôt commencer.
Ainsi Monsieur Ducon s'installe sur le
canapé avec son verre de vin rouge et
demande à sa femme, déjà occupée à
débarrasser la table, de lui ramener
ses clopes.

La publicité a fini de défiler, Madame
Ducon rejoint son mari sur le canapé
accompagnée d'une tisane. Le débat
commence et dès les premiers instants
le candidat Léonard Gentil surprend
les Ducon. Il enchaîne les punchlines,
s'attaque frontalement à Jean-Claude
Révolte sur des sujets de sécurité et
d'immigration.

Mécontent, le candidat de gauche utilise son temps de parole pour parler de
son programme écologique et du travail des ouvriers.

Autant Monsieur Ducon se sent concerné, de par son travail à l'usine, autant il constate que Monsieur Révolte ne répond pas à la question de la sécurité.

— Il n'ose pas répondre, même pas capable de parler des arabes qui sont pourtant un vrai problème, pfff...

Madame Ducon acquiesce. Après tout, elle fait partie des habitants du village qui ont soutenu le projet d'y installer des caméras.

Pourtant, le candidat de gauche se donne beaucoup de mal pour expliquer comment il compte augmenter le pouvoir d'achats des Français pour relancer l'économie. Hélas, Léonard Gentil se lance dans une tirade caricaturale sur la dette. Mais les exagérations demandent moins d'effort de concentration pour être comprises :

— Ah oui il a raison machin Gentil, il y a tellement de gens qui fraudent dans ce pays et tous ces fonctionnaires, là aussi, il ne faut pas s'étonner d'être endetté. Il faut se serrer la ceinture un peu !

Jean-Claude Révolte réfute en expliquant que la fraude fiscale se compte en milliards là où la fraude sociale n'en vaut que quelques millions. Léonard Gentil s'empresse alors de lui couper la parole pour soi-disant parler des "vrais sujets".

Le débat s'enchaîne comme cela durant deux heures. Alors les Ducon en concluent qu'ils voteront pour Léonard Gentil.

— Au moins il n'a pas peur de parler des sujets qui fâchent, dit Monsieur Ducon.

— Ça, c'est bien vrai, lui répond sa femme.

Après le débat, les deux candidats se retrouvent dans les coulisses de l'émission. Ils se serrent la main bien que Jean-Claude Révolte soit tendu. Alors Léonard tente de le rassurer :

— J'espère sincèrement que vous allez gagner.

Surpris, le candidat de gauche clique des yeux, secoue un peu sa tête et lui répond :

— Je ne comprends pas, vous souhaitez ma victoire ?

— Oui, vous maîtrisez les sujets à la perfection, vous avez un véritable programme bien construit.

— Mais que faites-vous là alors si ce n'est pas pour gagner ?

— Un concours de circonstance, je vous ai toujours soutenu, et je ne pensais pas pouvoir arriver au second tour.

— Mais pourquoi vous être présenté ?

— Pour vous soutenir !

— Qu'est-ce que c'est que cette blague ? Vous êtes un candidat de droite !

— J'ai l'apparence d'un homme de droite, mais je suis de gauche.

— Je n'y comprends rien …

— Je me suis présenté pour diviser la droite, et par erreur, je l'ai explosée en plein vol.

Choqué, Jean-Claude reste bouche bée pendant quelques secondes puis enchaîne :

— Monsieur Gentil, vous êtes un génie. Néanmoins, vous m'avez mis beaucoup de bâtons dans les roues ce soir.

— Oh je ne crois pas, je suis resté caricatural, les gens verront que je ne maîtrise rien.

— Malheureusement beaucoup de gens aiment qu'on leur parle comme ça. Ils n'ont ni le temps ni la patience pour développer de fines analyses politiques. C'est pour ça que j'essaye toujours de développer en toute bienveillance, mais mon pire ennemi, c'est le genre de démagogie dont vous faites part, et vous êtes loin d'être le seul. Que va-t-il se passer si vous gagnez ?

— Je ne crois pas que je gagnerai, mais si tel est le cas, je vous promets que nous mettrons en place un gouvernement à votre image.

La veille du second tour, Léonard passe par sa boîte aux lettres avant de rentrer se reposer dans son appartement. Il y trouve une curieuse enveloppe. Pas de nom écrit, elle a été glissée ici par un inconnu.

Léonard pénètre dans son domicile, enlève son manteau et s'empresse d'ouvrir l'enveloppe. Un message imprimé s'y trouve : JE SAIS QUI TU ES VRAIMENT. RETIRE-TOI DE LA PRÉSIDENTIELLE AVANT SAMEDI SOIR.

Zut, nous sommes déjà samedi soir. Léonard possède cette fâcheuse habitude de n'ouvrir sa boite aux lettres qu'une fois par semaine. Il décide alors d'appeler la police pour tenter d'obtenir une protection.

— Mais Monsieur Gentil, vous ne croyez tout de même pas qu'on va fournir une protection rapprochée à tous les gens qui ont peur d'une lettre ?

— Enfin, ça ressemble tout de même à une menace, et je suis candidat au second tour de la présidentielle, rappelle Léonard.

— Je ne vois pas de menaces dans cette lettre, Monsieur. Vous savez, vous n'êtes pas le premier candidat à nous appeler. C'est comme ça tous les cinq ans. Il y a des gens qui essayent d'impressionner. Mais tant qu'ils ne passent pas à l'acte, que voulez-vous qu'on fasse ? Il nous faudrait un peu plus d'informations pour établir une réelle menace.

Léonard raccroche dépité. La nuit va être courte, il est inquiet de ce qui pourrait lui arriver. Il appelle Sophie et Alexandre pour les prévenir qu'eux aussi pourraient être en danger. Ce dernier n'est pas très inquiet, en revanche Sophie prend ça très au sérieux et propose aux garçons de venir dormir, comme à leur habitude, chez elle. Au moins, la nuit sera plus rassurante.

Léonard et Alexandre acceptent, et il ne leur faudra qu'une trentaine de minutes pour se rendre chez Sophie.

La soirée se déroule dans une ambiance étrange. Pour éviter que l'angoisse ne les gagne, Alexandre propose de faire des jeux de sociétés. Ils resteront éveillés jusqu'à 2 heures du matin.

Vers 4 heures, Léonard entend un bruit. Pour une fois qu'il avait pu négocier le canapé, il n'allait pas pouvoir en profiter longtemps. Et pour cause, au moment où Léonard utilise son téléphone pour tenter d'y voir clair dans l'obscurité, une ombre s'approche de lui brusquement.

Il se met à hurler en se jetant du canapé, tombant de ce fait sur Alexandre qui se réveille brusquement.

— Il y a quelqu'un ! hurle Léonard.

À peine sa phrase terminée l'ombre se rapproche de nouveau et le saisit par le cou. Il s'agit d'un homme ganté et cagoulé.

Alexandre réussit à se lever et à allumer la lumière. L'homme se fige, surpris que Léonard ne soit pas seul dans la pièce. Il sort alors de sa poche un couteau et tente de planter Léonard. Alexandre se jette sur l'homme pour tenter de l'étrangler. Ils s'écroulent par terre, alors Léonard se relève et essaye de récupérer le couteau pendant qu'Alexandre l'immobilise. L'homme serre son poing pour ne pas lâcher son arme, alors Léonard décide de lui donner un coup de pied au visage.

De douleur, l'homme lâche le couteau, mais réussit à se retourner. Il se met à mordre jusqu'au sang l'oreille d'Alexandre. Alors que Léonard essaye de le frapper aussi fort que possible, une bouteille de verre éclate sur la tête de l'homme qui, de ce fait, perd connaissance. Alexandre reçoit quelques bouts de verre sans gravité dans le visage.

C'était Sophie, le bruit l'avait réveillée depuis sa chambre. Elle en avait profité pour saisir une bouteille de bière qui traînait sur le plan de travail de la cuisine.

Léonard vérifie le poul et la respiration de l'individu. Il va bien, mais le choc l'a plongé dans les tréfonds de son inconscient. Pendant que Sophie appelle la Police, Léonard ligote les mains de leur agresseur avant qu'il ne se réveille. Alexandre quant à lui, tente de stopper l'hémorragie à son oreille.

À la dernière minute, les journaux ont dû changer leur Une. Ce n'est plus le second tour qui est important, mais bien qu'un candidat a subi une tentative d'homicide.

Léonard ne sera pas aux urnes avant la fin d'après-midi, il passe la journée au poste avec les policiers. Les premières informations qui fuitent dans la presse révèlent que l'agresseur a été payé 50.000 euros pour tenter d'assassiner Léonard Gentil. La police ne sait pas encore qui est le commanditaire, en revanche, ils ont constaté un mouchard dans le téléphone de Léonard. C'est ainsi que l'agresseur connaissait parfaitement la localisation de sa victime.

Léonard, Sophie et Alexandre ont tous pensé la même chose en apprenant cette information : François Restriction avait saisi le téléphone lors du dîner à son domicile. Mais ils n'en diront rien à la police. Préférant faire comme si ce repas n'avait jamais existé.

Sur Twitter, Jean-Claude Révolte apporte son soutien à Léonard Gentil, mais regrette néanmoins la monopolisation de cet évènement dans les médias durant un jour aussi important. Évidemment, aujourd'hui seul le nom de Léonard apparaît dans les journaux, à la radio et la télévision. Cela pourrait avoir une influence certaine dans les urnes.

Le soir, les trois amis se retrouvent chez Léonard. L'appartement de Sophie étant temporairement réquisitionné pour l'enquête. Fatigués par les évènements, ils attendent patiemment l'annonce des résultats du second tour. Sophie grignote des cacahuètes à n'en plus finir, Léonard se ronge les ongles, et Alexandre se noie dans l'alcool pour tenter d'oublier l'immense bandage qui protège son oreille.

Ils sont tellement déboussolés qu'ils n'envisagent pas une seule seconde pouvoir remporter la présidentielle. Et pourtant,   alors que le présentateur annonce qu'il est 20 heures pétantes, la chaîne de télévision lance une animation accompagnée d'une musique spectaculaire. Puis, au bout de quelques secondes, le visage de Léonard se forme à l'écran.

— Léonard Gentil est élu Président de la République avec 59% des voix, annonce le présentateur.

Les trois amis se regardent, silencieusement. Alexandre manque d'échapper son verre.

— Suis-je en train de rêver ? demande Léonard.

— Je me posais la même question, répond Sophie.

— Nom de dieu de bordel de merde, ajoute Alexandre.

Encore une fois, Léonard n'avait pas prévu de conférence de presse. Il se met à la fenêtre pour prendre l'air pendant une bonne vingtaine de minutes. Il réfléchit, repense à cette histoire de dingue, mais commence à imaginer la suite de l'aventure. Il finit par prendre son téléphone et se met en live sur les réseaux sociaux :

— Bonsoir à tous. Voilà, nous y sommes, comme vous je viens d'apprendre que j'étais élu Président de la République. Je tiens tout d'abord à vous remercier, sincèrement, pour la confiance que vous m'accordez. Peut-être que certains d'entre vous connaissent le syndrome de l'imposteur ? C'est exactement ce que je ressens à l'heure actuelle. Je suis une personne normale, sans carrière politique, qui se retrouve à la tête d'un pays. J'ai comme une sensation d'être sous qualifié pour ce poste. Néanmoins, si vous m'avez choisi, c'est que vous croyez en moi. J'ai peur d'en décevoir certains durant mon mandat à venir. Pourtant, soyez assuré que je ferai tout ce qui est en mon pouvoir pour améliorer votre quotidien.

Chez Monsieur et Madame Ducon, on attend patiemment l'allocution du nouveau Président de la République tout en mangeant un morceau de fromage. Le président Léonard Gentil devrait parler de son nouveau gouvernement.

Monsieur Ducon se ressert un verre de vin tout en disant :

— J'espère qu'il va virer les arabes.

Le présentateur annonce que le président est à l'antenne, celui-ci prend la parole :

— Mes chers compatriotes. Tout d'abord, je tiens à remercier l'ensemble des concitoyens qui m'ont soutenu. Mais aujourd'hui, je ne représente plus seulement une partie de la population. Je représente l'ensemble des Français. À ce titre, je ferai en sorte de plaire au plus grand nombre. Concernant mon gouvernement, j'annoncerai très bientôt la composition complète. En attendant, je peux d'ores et déjà vous dire que Madame Sophie Futée sera Ministre de la Transition Écologique. Je l'ai choisie à ce poste pour sa capacité à innover, à imaginer des solutions pertinentes, pour créer un avenir meilleur. Monsieur Alexandre Ordre sera quant à lui Ministre de la Justice et saura, sans aucun doute, comment l'améliorer. Et pour finir, Monsieur Jean-Claude Révolte sera mon Premier Ministre.

Monsieur Ducon avale de travers sa gorgée de vin puis, après une série de toux, tape sur la table en hurlant :

— Qu'est-ce que c'est que ce bordel ?! On n'a pas voté pour avoir cette ordure de gauchiasse !

Le Président enchaîne :

— J'ai conscience que ce choix peut décevoir. Sachez aussi que nous avons pris la décision de ne pas fermer les frontières.

Monsieur Ducon s'évanouit et tombe de sa chaise. Madame Ducon, quant à elle, ajoute d'une voix blasée :

— Eh bah voilà, encore un président qui ne respectera pas ses promesses.

© 2021 Antoine Lhote

Édition : BoD – Books on Demand, 12/14 rond-point des Champs-Élysées, 75008 Paris

Impression : BoD - Books on Demand, Norderstedt, Allemagne

ISBN : 9782322409181

Dépôt légal : Janvier 2022